LE JARDIN D'ÉROS

POÈMES DE

JORGE DESTÈVES

Préface de

G. Fabius de Champville

Illustrations de

Edmond Rocher

Prix : 1 fr. 50

Chez

F. de LAUNAY

78 — Rue Taitbout — 78

PARIS

LE
JARDIN D'ÉROS

LE JARDIN D'ÉROS

POÈMES DE

JORGE DESTÈVES

Préface de

G. Fabius de Champville

Illustrations de

Edmond Rocher

Prix : 1 fr. 50

Chez

F. de LAUNAY

78 —' Rue Taitbout — 78

PARIS

PRÉFACE

Il y a quelques années, des vers bien martelés, d'une envolée parfois maladive, nous passaient sous les yeux dans les petites revues littéraires que nous feuilletions, ou vibraient à nos oreilles dans quelques cénacles d'admiration mutuelle, dits par un grand garçon aux moustaches de mousquetaire, à la voix bien timbrée.

Nous avions retenu un nom : Jorge Destèves .

Voilà que le hasard des relations amène, un jour, dans notre cabinet de travail, le jeune poète dont les audaces avaient pu nous surprendre et dont la diction nous avait intéressé.

Il nous conte sa vie, ses études, ses aspirations, nous chante ses chansons et, plein de lyrisme, nous émeut quelque peu en scandant ses meilleures strophes. Finalement il nous demande comment son premier rêve pourrait s'accomplir : une édition qui le mit en contact avec le public. Il entrevoyait par cette apparition le pied à l'étrier, la muse lui souriant mieux, la fortune même lui venant.

Comment résister à tant d'illusions ?

Nous fîmes ce qu'il désirait et, grâce à un aimable éditeur, le *Jardin d'Éros* va voir le jour en volume.

Devons-nous ici juger les poèmes? Ce serait peut-être osé, car jamais indépendance plus grande, licence plus complète ne se réunirent pour former un ensemble dans lequel s'estompe un peu d'éthéromanie. — Il ne s'est point d'ailleurs voué à ce genre unique.

Est-ce à dire que le souffle en soit banni ? Bien au contraire et, si nous sommes effrayés devant certains néologismes, si nous nous effarons des soi-disants vers sans césure ni rime, nous éprouvons un vrai plaisir à l'audition de pièces dont la forme est soignée, l'idée jolie et la sonorité parfaite.

Jorge Destèves n'est pas un arrivé. Loin de là. Seulement son cerveau bout, ses fébriles impatiences le jettent en des transes où la poésie le sauve de l'orgueil trop immense dans lequel trop souvent s'effondrent les plus belles intelligences. S'il sait se pondérer, si Boileau obtient quelque influence sur lui, nous aurons, dans notre jeune poète, un de ces écrivains rénovateurs du panache français.

Le gongorisme, qui semble renaître dans les travaux de M. Jeorge Destèves, peu à peu s'effacera et, moins ampoulés, restant phonétiques quand même, ses vers chanteront mieux, alors .

que les images évoquées apparaîtront plus réelles en étant superbement délicieuses, fines et attachantes.

Que le *Jardin d'Éros* conquière les lecteurs, et nous serons récompensés d'avoir ouvert la voie d'une carrière difficile, désespérante parfois, mais où le moindre succès redonne courage, verve, imagination.

C'est notre vœu. Espérons qu'il sera réalisé.

G. Fabius de Champville

Janvier 1899

Dyptique Liminaire

Le Jardin d'Éros

Princesses du plaisir ! ô filles de Lesbos !
Qui, pour vos voluptés, nous volez nos amantes !
Venez griser vos sens en le Jardin d'Éros,
Et rendez-nous vos corps, aux pamoisons savantes !

GLOSE PLASTIQUE

Parisiaques mes frères !
Ça ne peut plus dürèr...e
Devant le débordement
De charmes photographiés,
D'Images « Degabyllées »
De bras, de seins, de dos, et tout le tremblement...
— Par tremblement j'entends la suite assurément;
Non qu'en cette matière
Le tremblement me déplaise, au contraire,
Je l'aime beaucoup, passionnément,
Et m'en lasse à peine au ballottement —
Ceci dit,
Je poursuis :
Parisiaques mes frères!
Ça ne peut plus dürèr...e
Car même les cartes postales.
Prostituent leur dos virginal.
Je ne parlerai pas des affiches troublantes,
Où des chairs exubérantes
Alternent avec des maigreurs excitantes.
Certes, affiches, peintures, statues nous tentent,
Mais sont latentes,
Et point du tout efficaces,
Comme de se voir face à face
Avec un portrait,
Quand on sait
Que l'original existe.
C'est effrayant ce que ça vous excite!
Il n'y a pas,
Ces appas
Dont le nom est au bas,
Nous mettent la cervelle en branle-bas!
Oui !... d'abord, vous qui hochez le chef
Savez-vous de quoi je me plains ?
Eh ! parbleu ! à votre œil rond de cerf,
Je vois que vous n'en savez fichtre rien !

Or, sachez-le, je ne suis point pornographe
Mais j'aime les photographes;
Le ciel me préserve de leur en vouloir,
Ils s'acquittent d'un noble devoir :
Celui de nous faire voir
Des beautés plastiques, authentiques, (sic)
Cependant, ces gens sont hyperboliques
De supposer
Que l'on peut regarder
Sans désirer.
Je vois fort bien que certaine ex-princesse
A de superbes..... hanches.
Mais que diable, il me manque son adresse!
Que certaine Suzanne
Moins chaste que l'antique,
— Mais plus belle, si moins pudique,
Car, je n'y suis pas âne —
A des regards tout pleins d'un amour famélique
Mais où diable la trouvèr...e?
Parisiaques! mes frères,
Ça ne peut plus dürèr...e,
Le nu est terrible, ainsi vu,
Même le sein entrevu,
Le sein d'ailleurs est tout
Dans la plastique
— Selon mon esthétique,
Et je me pique de goût. —
Or, croyez-vous qu'il soit possible
De contempler ces contours, vivantes cibles,
Et de ne pas savoir où l'on est passible
De les caresser,
Quand on les sait exister?
Car il n'y a pas à dire,
Au même instant qu'on les a sous les yeux,
Il vous vient un désir
Violent, impérieux,
De les avoir sous la main.
Est-ce vrai, hein?
Photographes! ô photographes!
Faites cesser nos affres!!
Ayez pitié de notre faiblesse,
Et désormais au nom, joignez l'adresse.

Que l'on puisse ainsi
Au modèle choisi
Jeter le mouchoir
Afin de pouvoir
Le retrouver le soir.
A moins qu'il ne préfère consacrer le jour
A l'amour.
Cette rime très vieille
Fait bon effet toujours,
Et prouve que sous le soleil
Rien n'est neuf, en amour surtout.
On a tout fait, on a dit tout,
On est allé jusques au bout.
(Poil au Manie-Tout!
Ceci c'est une réminiscence
D'un jeu cher à mon enfance.)
Et ce que je vais vous dire, je pense,
Ne va pas du tout éclairer la France,
Mais je le dis, d'abord parce que j'en ai la liberté,
Etant bon citoyen, votant et payant mon loyer,
Et puis qu'étant Français, je suis né très paillard
Comme le roi sacré chevalier par Bayard.
Et cet autre qui, de Paris à Pau,
Voulait que chacun put mettè sa poule au pot.
Rabelais et Villon
Sont gens de ma façon,
Aussi, puisque l'on me tente
Avec des rondeurs, d'ailleurs charmantes,
Je ne sais pas pourquoi
Ma foi,
Je ne dirais pas
En effet,
Tout le cas
Que j'en fais.
Or ça, je suis
Tout simplement ravi,
Et je dis
A tous et toutes : Merci !
Merci, ô adorables femmes !
Continuez, et donnez à vos charmes
Toute l'ampleur qui se peut acquérir,
« **Grasses** » vous êtes nées pour le plaisir,
Et si vous désirez maigrir,
Ah ! l'amour ! il n'est pas de meilleur élixir,

« Potelées » telles des bébés fripons,
Vous avez des fossettes partout, au menton,
Aux bras, aux mains, que sais-je ?
C'est bien plus alléchant que les œufs à la neige.
Sveltes, nerveuses, félines,
Majestueuses ou mutines
Vous êtes toutes divines !
Aussi, foin de la philosophie ;
Vive l'amour, pour l'amour, et vive la vie !
Dans chaque pays il est des femmes belles,
Peuples, unissons-nous pour l'amour d'elles.
Sus à qui clame la décadence !
Les printemps ont leur retour,
Le vieux monde se recommence,
Et se rénove dans l'amour.
Gloire à Vénus !
Les temps fameux sont ceux où l'on aima le plus.
Sodome ne vit point éclore de héros,
Et les sultans prostrés créérent les « zéros »
Aimons ! Gloire à Eros !
Poètes ! je vous cède la parole,
Chantez la femme ! chantez
Le vivant et dernier symbole
De l'éternelle Beauté !

L'ÉTÉ

J'aime l'Été,
C'est la saison de la liberté.
D'abord il rend les femmes adorables,
Et leurs seins ondulant dessous la camisole
Les rendent toutes désirables.
— Du manteau, ceci nous console —
Souvent le corset est exclus,
Ce qui me plait encore bien plus,
Et la jupe est si légère
Que l'on voit presque au travers.
Mais la vue ne serait rien
Si l'on n'avait cet avantage,
De pouvoir toucher au passage.
Pour ceci, rien ne vaut la main,
Et tel, qui sait dextrement s'en servir,
Peut s'amuser sans coup férir.
Point n'est besoin de s'appesantir —
D'ailleurs, Parisiaques sagaces,
Je n'aurai pas l'audace
De vous prêcher
Le meilleur toucher,
Car je sais votre doigté tel,
Que l'on dirait d'un coup d'aile.
Sous sa fugace caresse,
Tout comme le trottin se pâme la princesse.
Allez donc, frères !
Allez comme mes vers,
Et sans rime ni raison
Suivez la foule avide d'air,
Et frôlez les trésors offerts.
Allez, durant la chaude saison,
Cueillir la friande moisson
Des charnelles tentations.

Narguez les Parques,
O Parisiaques!
Grisez-vous du rire des femmes,
Et des frissons
De leurs tétons.
Le Ciel leur a donné des charmes,
C'est pour nous plaire apparemment;
Donc, servons-nous-en!
Le vrai moyen de bien combler sa dame,
Quand, dans nos bras, elle échoit à son tour,
C'est de préparer nos sens à l'amour.
Vive l'Été!
L'amour chemine en liberté!

Tryptique Charnel

I

La Chanson du bon Famélique

Femme! dis-moi, ce soir, des mots vains et perfides
Où renaîtront, vibrants, tes baisers les plus fous.
Fais-moi l'aveu charmeur, en des mensonges doux,
Qui troubleront mes sens, durant les heures vides.

Dis que, seul, de l'amour, je connais l'ivre jeu;
Qu'en mes bras seulement, frissonne ta chair folle,
Et que ta bouche, avide et rieuse corolle,
Ne connaît que la mienne et s'abreuve à son feu.

Oh! mens encor! dis-moi que je suis tout ton rêve,
Que ton être alangui m'appelle son vainqueur,
En le suprême instant où le plaisir s'achève!

Dis-moi de faux secrets, il n'importe à mon cœur
Que pour d'autres, demain, tu redises les mêmes
Si, mienne dans l'extase, en me grisant, tu m'aimes!

La Chanson du Méchant repu

Quand tu me dis : je t'aime! ô lascive indiscrète,
Ton cœur a-t-il souci de tous ceux qu'il connût?
Combien ont avant moi contemplé ton sein nu
Et caressé la gorge où repose ma tête?

Qui me dira jamais ce que ton œil reflète :
— Ou l'ardeur au plaisir? ou l'amour méconnu?
Ce que cache ta lèvre en son rire menu :
— Du vice l'ironie? ou la peine secrète?

— Le mystère réside en la nuit de tes flancs!
Quels corps se sont pâmés dans tes jolis bras blancs?
Se sont-ils débattus sous l'étreinte du faune?

Aux mères as-tu pris leurs fils, ou leurs époux?
En songeant à cela, près de toi, je ris jaune,
Ou ta chair me dégoûte, ou bien j'en suis jaloux...!...

III

La Chanson du Sage

Celui-là, dès l'aurore, a semé l'ambroisie,
Qui croyait à l'amour chaste, immatériel,
Et le soir, en son cœur, ne récolte que fiel :
Dans le lit décevant, s'éteint la poésie !

Aussi fol est celui qui le rêve éternel.
Hélas ! l'amour constant est la pire chimère!
Evitez les serments, en si frêle matière,
Les sens vite sont las, car l'amour est charnel!

Pourtant, s'il m'arrivait de rencontrer la femme
Dont le charme jetât l'extase dans mon âme,
Et que son corps ardent voulut au mien s'unir,

Pour goûter ce... moment, que tout mortel envie,
Et n'en garder, après, qu'un muet souvenir...
Je l'aimerais... peut-être... au delà de la vie...

Aveu Sensuel

J'admire tes appas, leur splendeur me terrasse.
— L'amour y glane après les désirs apaisés, —
Je t'aime, pour ta bouche, où stagnent les baisers,
Et ton charme indolent de femme souple et grasse.

Je t'aime, pour ta bouche, où stagnent les baisers;
Pour ton menton dodu, qu'adorne une fossette,
Je t'aime, pour ta chair, chatoyante et replète,
Dont le moëlleux contact, brûle mes sens grisés.

Je t'aime, pour ta chair chatoyante et replète,
Pour ses replis pervers, et ses duvets troublants.
Je t'aime, pour tes yeux, veloutés, somnolents,
Où luisent les plaisirs que ton ardeur secrète.

Je t'aime, pour tes yeux, veloutés, somnolents,
Pour ta nuque friande, où le signe se frise.
Je t'aimé, pour tes bras à la rondeur exquise,
Et l'insigne blancheur de tes seins opulents.

Je t'aime, pour tes bras à la rondeur exquise.
—Vivant coussin d'amour où sombrent mes efforts, —
Je t'aime, pour tes reins, où j'inscris mes transports,
Et ta hanche ondoyante où ma main s'éternise.

Je t'aime pour, tes reins, où j'inscris mes transports,
Quand Eros bienfaisant me touche de sa grâce.
Je t'aime pour, ton ventre, où l'amour se prélasse,
Et le frisson douillet, qui pare tout ton corps.

Je t'aime, pour ton ventre, où l'amour se prélasse.
Une adorable hermine, ô femme, te revêt,
Et je crois, en mes bras, étreindre du duvet !
. . . .
J'admire tes appas, leur splendeur me terrasse.

Songe

Telle apparaît l'aube idéale,
Sortant d'un lit d'ardent satin,
Elle m'apparut, ce matin,
Sur des coussins d'or et d'opale,
Sortant d'un' lit d'ardent satin !

Tous les charmes vivaient en elle :
Sa chair frémissante épandait
Un arôme de fleur nouvelle,
Qui s'entr'ouvre au soleil de Mai;

Sa gorge altière, aux cîmes roses,
Belle comme on n'en vit jamais !
Voluptueux et fiers attraits,
Ses hanches....., enfin toutes choses
Belles, comme on n'en vit jamais !

En mon sang afflua la fièvre,
Lorsqu'elle approcha de mon lit ;
Sur son sein j'ai posé ma lèvre,
Et tous mes sens ont tressailli....

Alors, perfide enchanteresse,
Pour achever de me griser,
Près du mien, elle a fait glisser
Son corps, doux comme une caresse,
Pour achever de me griser.

Sa chair s'est à la mienne unie...
Dans une extase d'un moment,
J'ai cru que s'envolait ma vie,
Et que j'errais au firmament !...

Máis soudain, affreuse tempête !
Comme un brûlant cercle d'acier,
Ses mains, — cherchant à la broyer —
S'enroulent autour de ma tête,
Comme un brûlant cercle d'acier;

Sa gorge, à l'instant si câline,
Et qui palpitait sous ma main,
Pressait maintenant ma poitrine,
Ainsi qu'un lourd marteau d'airain.....

Démon des mortelles ivresses !
Après l'ineffable torpeur,
Elle jetait en moi l'horreur !
Car je tremblais sous ses caresses,
Après l'ineffable torpeur.

Son œil d'azur devint farouche,
Et, dans un spasme sans pareil,
Sa bouche en feu mordit ma bouche,
Et je criais à mon réveil !.....

Qui donc m'a ravi la sirène,
Dont l'amour m'a tant fait souffrir ?
Les bras tendus pour la saisir,
En vain j'ai cherché l'inhumaine,
Dont l'amour m'a tant fait souffrir.

S'en est allée, ainsi qu'un rêve,
Cette femme, je ne sais où,
Mais, fille de Vénus ou d'Eve,
Son étreinte m'a rendu fou !...

Au Jardin d'Éros

Par les nuits enfiévrées, au jardin de mon rêve,

Je vais glaner parmi l'ardente floraison.

Alors je vois Kypris, mon éternelle idole,

Déesse pour ma foi, femme selon mes vœux,

Offrant son albe torse aux caresses lunaires.

Un tel encens d'amour s'exhale de sa chair,

Qu'un frisson de désir se rue dans l'Infini !

Un spasmodique han! martèle les vibrances,

Halète par le vol des âmes impavides !

Seul, j'assiste au mystère, et divin, et charnel :

Elle épand sur le monde un rut inéluctable,

Et le délire est tel, dans la vieille Nature,

Que les lys, ces puceaux, reniant leur candeur,

S'entr'ouvrent pour baiser son beau corps qui se pâme!

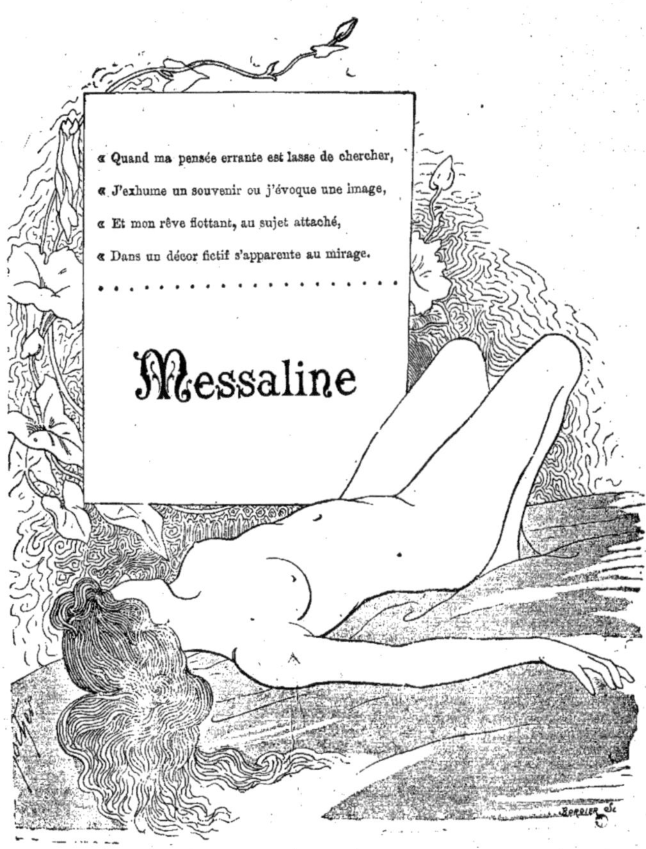
« Quand ma pensée errante est lasse de chercher,
« J'exhume un souvenir ou j'évoque une image,
« Et mon rêve flottant, au sujet attaché,
« Dans un décor fictif s'apparente au mirage.
. . . .
Messaline

Messaline

I

Après les épopées magnànimes et les sanglantes représailles, Rome, encore frissonnante des pompes triomphales et des fastueux crimes, sommeille engourdie sous la cendre des apothéoses.

Sur la ville éternelle, berceau de monstres et de héros inimitables, on dirait qu'une ère nouvelle se lève, et que l'inerte Claude a soudain ramené l'accalmie.

Mais, vivant symbole de la Cité mourante, le vertueux empereur, en sa stupide indolence, laisse souiller sa pourpre par l'épouse courtisane, qui va surpasser, en criminelles débauches, ses plus infâmes devanciers.

Et le palais des Césars, si souvent couvert d'opprobe et de gloire, sert maintenant de temple à l'impudique souveraine, qui vole et qui se prostitue.

II

An sein du palais, où s'amoncellent les somptueuses dépouilles des patriciens égorgés, la chambre d'amour, honteusement, s'étouffe, à l'abri des soyeux voiles où le jour se tamise.

C'est là, qu'en l'obscure tiédeur de l'estival matin, Messaline repose, aveulie et nue, sur a molle couche qui, tant de fois, a vu son beau corps se pâmer.

Auprès d'elle, immobiles et vêtues à peine, des femmes veillent, attendant que naisse le moindre désir, et viennent l'assister lorsque, fébrile encore, elle s'éveille.

Avant qu'aucun regard étranger n'ait surpris sa fatigue, elle se fait plonger dans le bassin de blanc Paros, autour duquel brûlent des aromates en des trépieds d'or massif.

Quand le premier frisson a convulsé son corps brûlant, au contact de l'eau pure, paresseuse, elle se laisse bercer, puis s'ébat et plonge, alerte sirène, se délassant en la fraîcheur de l'onde caressante.

Maintenant, étendue dans l'onctoire aux senteurs troublantes, elle s'étire et rêve, tandis que, sous les mains savantes, l'huile affermit l'épiderme et que les parfums rares redonnent à la peau la souplesse junévile des vierges et l'arome des fleurs écloses.

Puis, ce sont les fards, imprégnant le visage d'une séduction chaque jour renouvelée, et lorsqu'enfin vivifiée, lasse des apprêts, sa chair de nouveau tressaille, elle court, insatiable aux vigoureux plaisirs.

III

Telle une lionne en rut, l'impératrice bondit vers l'atrium rayonnant, où délibèrent à voix basse, les courtisans onctueux, et les favoris que son caprice a désignés.

Alors elle tient sa cour, impudente et cyniquement belle, offrant sa gorge effrontément dressée, et la nerveuse rondeur de ses bras soulevés, qui découvrent l'opulent et vaporeux duvet des aisselles.

Monstre superbe, elle choisit et guette sa proie. Sa bouche amoureuse a des sourires perfides; son œil langoureusement pervers, cherche en les ardents regards, la convoitise éveillée par son charme, qui, savamment, s'éploie, en d'érotiques nonchalances.

Ses jambes charnues s'agitent provocantes, faisant doucement évoluer la croupe et les hanches et, parmi les assistants fascinés, passe un frémissement de désir et de crainte. Malheur à qui refuse! Malheur à qui l'accuse!

C'est l'amante qui comble ou qui tue! Et ses faveurs vont du tribun hésitant au guerrier qui rudoie; du barde vibrant qui scande ses soupirs, à l'exotique esclave aux mystérieux touchers. Et c'est le philosophe habile et résigné, l'histrion turbulent qui brâme et s'extasie, l'éphèbe tremblant, aux naïves attitudes, et c'est enfin le gladiateur brutal, aux puissantes étreintes, qui déchirent et qui broient.

IV

Avec l'élu, dans la chambre secrète elle pénètre, et, tandis que discrètement résonnent les instruments au rythme preneur, le couple avide partage les mets savoureux, alternés de baisers qui s'échauffent, en l'ivresse des libations.

Après l'irritante langueur des frôlements lascifs, l'impériale maîtresse se livre enfin, pâmée, dans les lubriques enlacements où les chairs se confondent, où les lèvres furieusement s'aspirent.

Pour vaincre les torpeurs importunes, elle a, pieuvre inlassable, les philtres subtils et les excitantes caresses. Et dans l'enivrante fièvre des voluptés forcées, tout son être s'exhale et se tord, grisant les sens de l'homme rompu, froissant les étoffes, brisant les joyaux dans ses luxurieux ébats, et troublant l'air des hoquets de plaisir.

Lorsque fatigué, défait et souillé, le couple, en grimaçant, retombe, Messaline, pantelante et repue, semble implorer en son ivre léthargie.

Vampire d'amour, sa chair inassouvie désire encore, et son œil mourant réclame à celui qui l'a vaincue comme un baiser suprême en un spasme inconnu.

Et l'amant fiévreux, hagard et terrifié, devant cette vertigineuse furie, ne sait s'il doit s'enfuir ou s'il doit l'immoler !

Défi Érotique

« Fier de sortir vainqueur
« Du tournoi de la vie,
« J'ai jeté ma pudeur
« Et mon âme aux orties !

Mon cœur ayant sombré dans la bagarre infâme,
Je ne chanterai point, et pour cause, l'amour,
Mais la Beauté qu'il fut à mes sens querelleurs.
Aussi, je ne vais pas du tout parler des astres,
Ni prier leur clarté de semer du mystère
Alentour d'un plaisir, où la chair seule vibre.
           Non, je suis las des mots mièvres,
           Et des fades maîtresses;
           Je suis las des corps grêles
               Aux formes indécises.
Il me faut la matrone aux robustes mamelles,
A la croupe sagace, aux baisers violents...
           Foin des vierges ignares,
           Et des vertueux Vices!
           Au diable les novices,
           Et leurs caresses rares!
           Fi! des plates extases,
           Et des soupirs décents!
Je veux livrer bataille à des appas savants,
Chevaucher dans la neige et les duvets experts !
Mon être accoutumé aux corps à corps ardus,
Veut un ennemi fort, comme moi prévenu.
Je veux les seins pervers, que nul baiser n'enfièvre,
Je veux la chair rompue aux liesses d'amour;
Le corps las du plaisir où la caresse avorte,
Je veux donner la fièvre à de solides flancs,
       Et que ce tout, énorme et puissant,
           Vibre sous l'aiguillon
           De ma charnelle ardeur.
Mon esprit, coutumier des luttes vigoureuses
Evoque cette idole impudique et sans nom;
       Effroyable monceau de charmes,
Autel ou lit d'amour, à mes sens turbulents.

Et je la veux énergique,
Et rebelle et cynique,
Afin qu'en ce rut
Il y ait lutte,
Et que les meurtrissures
Soient les rudes préludes,
Aux sensuelles vibrances...
Le succès sans effort est un morne triomphe,
Aussi, je n'en ai cure :
Je veux le plaisir glorieux
Et le spasme héroïque!

Voilà pourquoi je cherche un partenaire râblé.
Je veux terrasser
Celle qui se croit forte,
L'érudite qui sait
Ou bien qui croit savoir,
Sus à la compagnonne
Gorgiasse et plantureuse!!
Et si sa croupe est molle, et ses appas tombants,
Je les veux perturber et les voir palpitants,
Dressés et rutilants.
. . . .

Or ça, j'entre en l'arène et lance mon défi :
Femme! voici mon gant! Si jamais je succombe
Et qu'en eau ma cervelle
Fonde avec ma moëlle
Tu pourras le hurler aux quatre coins du monde.

Pour vaincre les crétins
J'ai laissé piétiner mon cœur parmi les rues,
Pour toi, je jetterai ma raison aux nues.

JORGE DESTÈVES.

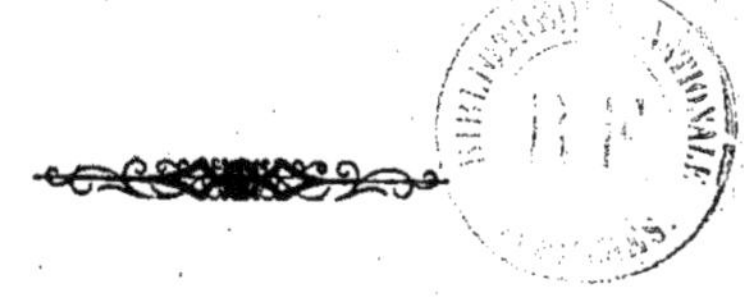